KB232510

나는 당신을 사랑하고 있어요
미야니시 타츠야 글·그림 | 허경실 옮김
옛날 옛날 아주 먼 옛날,
다양한 공룡들이 세상 곳곳에 살고 있었어요.
북쪽에 사는 공룡과 남쪽에 사는 공룡은 달랐습니다.
색깔도, 모습도, 언어도 모두 달랐습니다.
달리

"으, 추워."
골짜기에 눈이 내리고 매서운 바람이 불자
잠을 자던 티라노사우루스가 몸을 바르르 떨며 일어났습니다.
"어휴, 며칠째 굶었더니 배가 너무 고프구나."
다른 공룡들은 하나둘 먹을 것을 찾아 골짜기를 떠났습니다.

바위 위에 웅크린 채 그 모습을 지켜보던 타페야라가 말했습니다.
"티라노님, 저 산 너머 초록 숲에는 맛있는 게 아주 많다던데요?"
"그게 진짜냐? 그렇다면 그곳으로 나를 좀 안내하거라."
"네. 어서 저만 믿고 따라오세요."

티라노사우루스는 날아가는 타페야라의
뒤를 따라 걷고 또 걸었습니다.
초록 숲을 향해 새하얀 눈밭을 밤낮으로 쉬지
않고 매일 걸었습니다.

"아직 멀었냐? 언제까지 걷게 할 셈이야?"
"이, 이제 조금만 더 가시면 됩니다."
티라노사우루스는 산과 골짜기를 넘고 또 넘었습니다.
"티라노님, 거의 다 왔습니다. 힘내세요."
"더, 더 이상은 무리다."

쿠궁!

티라노사우루스는 지쳐 쓰러지고 말았습니다.

"괜찮으세요? 이제 정말 조금만 더 가시면 돼요."

타페야라가 하늘에서 내려오며 말했습니다.

"아, 티라노님을 태우고 초록 숲까지 날아갈 수 있다면 좋을 텐데……."

하지만, 타페야라의 말에서는 진심이 느껴지지 않았습니다.

"나는 이제 틀렸으니 너 혼자 가거라."
티라노사우루스가 조용히 눈을 감으며 말했습니다.
"일어나세요! 정신 좀 차려 보세요!"
타페야라가 소리쳤지만, 티라노사우루스는 꿈쩍도 하지 않았어요.
"이히히히, 드디어 죽은 건가?"
타페야라의 눈이 매섭게 번뜩이더니 티라노사우루스를 덥석 물었습니다.

"으, 타페야라! 나한테 왜 그러는 거야?"
티라노사우루스가 힘겹게 눈을 뜨며 말했습니다.
"뭐야? 아직 안 죽은 거야?
초록 숲 따윈 없어. 맛있는 건 티라노, 바로 너라고!"

"뭐? 뭐야! 타페야라 이 녀석!
그동안 나에게 했던 다정한 말은 모두 거짓이었구나.
도저히 너를 용서할 수 없어!"

티라노사우루스는 젖 먹던 힘을 다해 일어나
자신의 꼬리를 힘껏 휘둘렀습니다.
철썩―.
타페야라는 떨어지는 나뭇잎처럼
뱅그르르 바위산 너머로
사라졌습니다.

허탈한 마음으로 발걸음을 돌리려는 순간,
저 멀리 초록 숲이 보였습니다.
"초, 초록 숲이다!"
티라노사우루스는 휘청거리는 다리로
초록 숲을 향해 성큼성큼 다가갔습니다.

초록 숲의 우거진 나무 밑에서
호말로케팔레 세 마리가 빨간 열매를 먹고 있었습니다.
"흐흐흐, 먹을 거다! 우적우적 다 먹어 주마!"
티라노사우루스가 군침을 흘리며 말했지만 세 마리는 도망치지 않았습니다.
우적우적이란 말을 따라 하며 반가운 얼굴로 생글생글 웃을 뿐이었지요.
"우적우적이래!"
"우적우적!"
"우적우적, 우히히!"

"히히히, 고 녀석들 맛있겠다.
이리 오렴. 사이좋게 지내자."
티라노사우루스는 세 마리를
번쩍 들어 올려 입속에 넣었습니다.

호말로케팔레들에게 "우적우적"이란 말은 '친구'라는 뜻이었습니다.
하지만 티라노사우루스는 그 사실을 알지 못했습니다.
"우적우적(친구친구)!"
"우적우적(친구친구)!"
"우적우적, 꿍따쿵(친구친구 반가워)!"
세 마리는 티라노사우루스의 입속에서 신나게 뛰어 놀았습니다.

"으윽, 괴로워."
티라노사우루스는 자신의 목구멍에서도
폴짝폴짝 뛰는 세 마리를
도저히 꿀꺽 삼킬 수가 없었습니다.
"아이고! 티라노 살려."

세 마리가 뛸 때마다 목이
너무 아프고, 배도 몹시 고팠던
티라노사우루스는 눈앞이 하얘져
쿠웅!
쓰러지고 말았습니다.

"슈파슈파 퐁타콩(왜 그래요)?"
"뿌야뿌야 꼬야쿵(괜찮아요)?"
"깐따삐리 치카츄우(어디 아파요)?"
입속에서 나온 세 마리가 걱정하며 물었지만
티라노사우루스는 알아듣지 못했습니다.

"뭐라도 좋으니까 머, 먹을 것 좀 다오."
정신을 차린 티라노사우루스가 세 마리에게 말했습니다.
"먹을 것?"
"띠까쭈쭈 호야호(무슨 말이지)?"
"푸치퐁퐁 키야쿠(나도 잘 모르겠어)?"
"디링슈링 쿠쿠토링(어떻게 하라는 거야)?"
꼬르륵ㅡ.
그때 마침 티라노사우루스의 배에서 소리가 났습니다.
세 마리는 잠시 속삭이더니 어디론가 달려갔습니다.

잠시 후
세 마리는 물고기, 조개, 빨간 열매를
가슴에 한가득 안고 돌아왔습니다.

"우적우적, 맛있다!"
티라노사우루스는 물고기와 조개를 눈 깜짝할 사이에 해치웠습니다.
물고기와 조개를 가져온 두 마리는 티라노사우루스의
"맛있다!"라는 말을 흉내 내며 매우 기뻐했습니다.
하지만 빨간 열매를 가져온 호말로케팔레는 슬퍼졌습니다.
티라노사우루스가 빨간 열매는 먹으려고 하지 않았기 때문입니다.

이를 눈치챈 티라노사우루스가
빨간 열매를 입속에 넣었습니다.
맛은 없었지만 웃으며 말했습니다.
"마, 맛없어. 아니 맛있다!
맛있어! 맛있구나!"

"맛있다! 맛있어! 맛있구나!"
세 마리는 티라노사우루스의 말을 따라 하며 기뻐했습니다.
티라노사우루스는 생각했습니다.
'마치 자기 일처럼 기뻐하다니.'
말은 통하지 않았지만 세 마리의 따뜻한 마음이 전해졌습니다.
그 후로 세 마리는 티라노사우루스를 "우적우적"이라고 불렀습니다.
티라노사우루스도 물고기를 가져온 녀석을 "맛있다",
조개를 가져온 녀석을 "맛있어",
빨간 열매를 가져온 녀석을 "맛있구나"라고 불렀습니다.

세 마리는 티라노사우루스에게 매일매일
물고기와 조개, 빨간 열매를 가져다주었습니다.
그 덕분에 티라노사우루스는 점점 건강해졌지요.

그러던 어느 날,
맛있다와 맛있어가 물고기와 조개 중에 누구의 것을
티라노사우루스가 먼저 먹을 것인가를 놓고 다퉜습니다.

"캬오!"
티라노사우루스는 크게 화를 냈습니다.
맛있다와 맛있어는 무슨 뜻인지 몰라 고개를 갸우뚱했습니다.
그 모습에 티라노사우루스는 웃으며 말했습니다.
"모두 사이좋게 지내."
그러자 세 마리는 생글생글 웃으며 짝짝짝 손뼉을 쳤습니다.

밤이 되자 세 마리는 티라노사우루스에게 기대어 잠이 들었습니다.
깊은 밤, 눈을 뜬 티라노사우루스는 세 마리를 보며
자기도 모르게 '맛있겠다.' 하고 입맛을 다셨습니다.
"우적우적!"
맛있구나가 잠꼬대를 하며 티라노사우루스의 품으로
더욱 파고들었습니다.
맛있구나는 오들오들 떨고 있었습니다.

"무서운 꿈이라도 꾸는 거니?
내가 곁에서 지켜 줄 테니 걱정하지 말거라."
티라노사우루스는 맛있구나를 꼭 안아 주며 말했습니다.
마음 한구석이 콕콕 쑤시듯 아파 오는 밤이었습니다.

다음 날, 티라노사우루스는 세 마리에게 말을 가르치기로 했습니다.
세 마리와 좀 더 친해지고 싶었기 때문입니다.
먼저 맛있다에게 자기를 따라 하라고 한 뒤 큰 소리로 말했습니다.
"저는 맛있다입니다."
"는저 맛있다입니다."
"는저가 아니야. '저는'이라고!"
티라노사우루스는 한숨을 푹 내쉬었습니다.

다음은 맛있어 차례였습니다.
"자, 따라 해 봐. 조개는 맛있어."
"맛있어. 지우개."
"그게 아니야!"
티라노사우루스는 머리를 쥐어뜯었습니다.
"다음은 맛있구나. 사이좋게 지내자."
"사이다 지내옹꾸."
"아니야, 아니야. '사이좋게 지내자.'라고!"
"사이다 좋겠지."

세 마리가 배운 말은
"맛있다. 맛있어. 맛있구나."
"우적우적."
"사이좋게 지내자."
뿐이었습니다.

하지만 티라노사우루스는 말이 통하지 않아도
세 마리의 생각을 조금씩 알 수 있게 되었습니다.
세 마리도 티라노사우루스의 마음을 조금씩
헤아릴 수 있게 되었습니다.

티라노사우루스는 맛있다, 맛있어,
맛있구나와 함께 지내는 것이
즐겁고 기쁘고 행복했습니다.

타페야라와는 비록 말이 통했지만
마음은 통하지 않았던 것을 떠올렸습니다.

어느 날 세 마리는 티라노사우루스 몰래 빨간 열매를 따러 갔습니다.
맛있다는 생각했습니다.
‘많이 따서 우적우적을 기쁘게 해 줘야지!’
맛있어는 생각했습니다.
‘우적우적이 많이 먹어 주면 좋겠어!’
맛있구나는 생각했습니다.
‘우적우적이 “맛있구나!”라고 말해 주면 기쁠 것 같아!’

세 마리는
나무 타기에 서툴렀지만
우적우적을 떠올리며
빨간 열매 나무에
올라갔습니다.

자꾸 미끄러져
온몸이 상처투성이로
변했지만
열심히 빨간 열매를
땄습니다.
바로 그때였습니다.

“쿠헤헤헤, 우적우적 맛있겠다!”
어디선가 알베르토사우루스가 나타났습니다.
티라노사우루스와 매우 닮은 모습을 하고 있었지요.
세 마리는 생각했습니다.
‘우적우적이랑 같은 말을 쓰고 있으니 친구일지도 몰라.’
맛있구나는 알베르토사우루스에게 빨간 열매를 건네며 말했습니다.
“사이좋게 지내자!”

티라노사우루스는 세 마리가 보이지 않자 걱정이 되었습니다.
'어디 간 거지? 설마 타페야라가…….'
세 마리를 찾기 위해 티라노사우루스는
바위산과 바닷가, 숲속의 이곳저곳을 하염없이 헤맸습니다.
"캬오오!"
그때, 빨간 열매 숲에서 알베르토사우루스의 소리가 들려왔습니다.
티라노사우루스는 소리 나는 쪽으로 허겁지겁 달렸습니다.

알베르토사우루스가 세 마리를 막 삼키려 하고 있었습니다.
"내 친구들을 어서 놓아줘!"
티라노사우루스는 무서운 얼굴로 소리치며
알베르토사우루스를 덥석 물었습니다.

"쿠오오오!"
알베르토사우루스의 비명과 함께
세 마리가 바닥으로 떨어졌습니다.
"티라노! 왜 이러는 거야?
이 녀석들이 먼저 다가와
사이좋게 지내자고 했단 말이야!"
알베르토사우루스가 억울한 듯
소리쳤습니다.

"앞으로 이 빨간 열매 숲에는
그림자도 얼씬거리지 마라!"
티라노사우루스는 경고하며
알베르토사우루스를 놓아주었습니다.
알베르토사우루스는 무서워서
쏜살같이 도망쳤습니다.

티라노사우루스는 세 마리를 들어 품에 꼭 안았습니다.
"내가 말을 가르치는 바람에 너희를 위험에 빠지게 했어.
너희는 말이 통하지 않아도 마음이 통한다는 게
얼마나 멋지고 소중한 일인지 가르쳐 주었는데 말이야."

빨간 열매 숲에 눈이 푸슬푸슬 내리기 시작했습니다.
"우적우적과 사이좋게."
맛있다는 이렇게 말하고 조용히 눈을 감았습니다.
"우적우적 맛있다."
맛있어는 이렇게 말하고 조용히 눈을 감았습니다.

맛있구나는 자신의 빨간 열매를 티라노사우루스에게 건넸습니다.
티라노사우루스는 세 마리가 끌어안고 있는 빨간 열매를 보며 흐느꼈습니다.
그리고 그 빨간 열매들을 하나씩 입속에 넣었습니다.
"나, 나를 위해서……. 정말 고마워. 맛이 참 좋구나.
아니, 맛있다! 맛있어! 맛있구나!"
이 말을 들은 맛있구나가 미소 지으며 말했습니다.

"요이요이 슈슈링링 츄우."

그러고는 천천히 눈을 감았습니다.

티라노사우루스는 맛있구나의 말을 알아듣지 못했습니다.

하지만 맛있구나의 말은 이렇게 들려왔습니다.

"나는 당신을 사랑하고 있어요."

새하얀 눈이 세 마리와 티라노사우루스를 부드럽게 감싸 주었습니다.

미야니시 타츠야는 일본 시즈오카현에서 태어나 일본대학 예술학부 미술학과를 졸업했습니다. 인형미술가, 그래픽 디자이너를 거쳐 그림책 작가가 된 미야니시 타츠야는 개성 넘치는 그림과 가슴에 오래 남는 이야기로 전 세계 독자들에게 널리 사랑을 받고 있습니다. 〈고 녀석 맛있겠다〉 시리즈 외에도 《엄마가 정말 좋아요》, 《말하면 힘이 세지는 말》, 《신기한 씨앗 가게》, 《찬성!》, 《메리 크리스마스, 늑대 아저씨!》 등 많은 책이 우리나라에 소개되었고, 《고 녀석 맛있겠다》로 '겐부치 그림책 마을' 대상을, 《오늘은 정말 운이 좋은걸》, 《누구 젖?》으로 고단샤 출판문화상 그림책 상을 받았습니다.

허경실은 1973년 부산에서 태어나 일본 나고야에서 국제경영학을 공부했습니다. 두 아이의 엄마로, 출판사에 근무하면서 《고미 타로의 색깔 그림책》, 《나는 티라노사우루스다》, 《넌 정말 멋져》, 《영원히 널 사랑할 거란다》, 《나에게도 사랑을 주세요》, 《나는 당신을 사랑하고 있어요》를 비롯해 일본의 좋은 그림책을 우리말로 옮기고 있습니다.

나는 당신을 사랑하고 있어요

1판 1쇄 펴냄 2013년 10월 8일
1판 21쇄 펴냄 2024년 8월 27일

글·그림 미야니시 타츠야 | 옮긴이 허경실
기획·편집 박소연 | 교정·교열 장민형 | 디자인 심흥섭
펴낸이 박수언 | 펴낸곳 (수)노서출판 날리
등록 2002.6.4(제10-2398호)
주소 04008 서울특별시 마포구 희우정로 16길, 17-5
전화 02)333-3702 | 팩스 02)333-3703
ISBN 978-89-5998-097-0 74800
ISBN 978-89-90364-52-4(세트)